新悦

于阅读中，认识自己，通往世界，遇见智识与思想。

鼓楼新悦

鼓楼新悦，中国社会科学出版社大众出版品牌，致力于提供有品有格有趣有态度的文化产品，出版高端学术普及读物，涵盖人文科普、全球史、政治经济、哲学文化等类别。

添加 18611321345
进入鼓楼新悦粉丝群
获得专属福利

新悦 · 遇见智识与思想

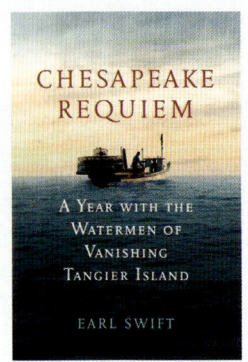

**切萨皮克安魂曲：
在即将湮灭的丹吉尔
岛上的一年**

[美] 厄尔·斯威夫特 著
周佳 译
徐沐熙 校

这是一个凄美的故事。丹吉尔岛是位于美国弗吉尼亚州的独特岛屿，切萨皮克是坐落在岛上的小城。那里生存条件恶劣，但仍有470位岛民在这座小城里顽强生存，过着几乎与世隔绝的生活。然而，由于海平面的上升，丹吉尔岛正在消失，逐日被大海吞没：从1850年至2017年，岛屿面积已缩小了2/3。海浪冲开了岛民祖先的墓地，让这些虔诚的岛民十分担忧。当时，专家认为，再过25年左右，丹吉尔岛就会被彻底淹没，岛民们将不得不放弃家园。2016—2017年，本书作者厄尔·斯威夫特在丹吉尔岛生活，与这些依水而居的人们一同捕捞蟹和蚝。他记录岛上古老的传统，描绘岛屿的过去，也遥望它空洞的未来。即将从世间消失的切萨皮克——它的命运已无可逆转。

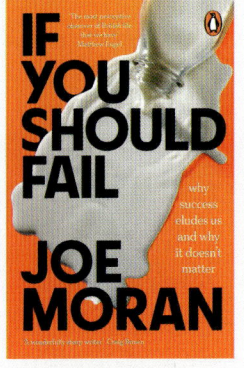

**如果你失败了：
一本安慰之书**

[英] 乔·莫兰 著
弋飞 译
陈慕尧 审校

这是一本重新定义失败的书。
有时候，你是否会觉得自己是个失败者？现代社会鼓励每个人宣扬自己的成功之处，这反而会让我们感觉自己像个失败者、欺骗者、冒充者。这本书不打算用"一切都会好起来"这种话来敷衍了事，而是想让你放心——对所有人来说，失败都是生而为人不可避免的副产品。
莫兰融合哲学、心理学、历史学和文学，用诙谐的口吻描绘了古往今来的失败"精彩"案例。令人惊讶的是，一些极具天赋的人（比如达·芬奇）也会被视为失败者。生而为人，失败难免——但我们可以学会如何与之相处。愿这本乐观、幽默、富有洞见的书能为你带来希望与慰藉。

本书揭示了 500 年来美洲、欧洲及其他地区是如何看待、描绘和利用古玛雅人及其建筑、思想、物质与身份的。

作者运用跨学科方法，通过专业文献、视觉艺术、建筑、市集和原住民活动等，总结了从前古典时期到西班牙前古玛雅的艺术和历史，以及从 16 世纪的西班牙入侵者到后来的探险家和考古学家这些外界与古玛雅人接触的历史。

本书还探讨了玛雅文字的破译、玛雅博物馆展览和艺术家的回应，以及当代玛雅人与他们祖先的传承。

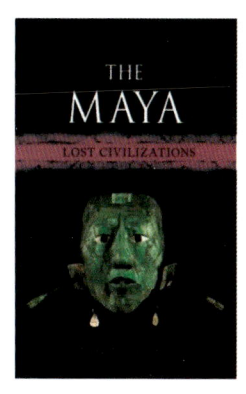

十字架上的玉米神：关于玛雅的历史叙事

[美] 梅根·E. 奥尼尔 著
曹磊 译
李默然 审校

希腊和日本，这两个词同时出现，不免令人觉得怪异，仿佛看见了奇美拉。海天一色的爱琴海和绿瓦朱栏的日本神社混搭在一起，一半是阿波罗，一半是日本武士，一半是维纳斯，一半是艺妓。这两个国家"天涯若比邻"，两种文化衔接得严丝合缝，生成一个有意思的概念。这究竟是怎么回事呢？本书带领读者沿着希腊思想的传播之路，深入日本的文学、哲学、艺术创作、建筑、日常生活和当代行为标准之中，追踪古希腊文明在日本各个领域留下的丰富踪迹，以及不同学者关于古希腊研究论点的思想交锋，提供了理解古希腊文化的新视角，展现了文化交融的独特魅力和价值。

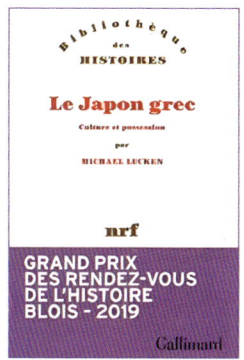

希腊和日本：一段东西方文明交融史

[法] 米夏埃尔·吕康 著
刘成富 姜燕 陈茗钰 译
陈茗钰 审校

采香者：
世界香水之源

[法] 多米尼克·罗克 著
王祎慈 译
乔溪 审校

每一种香水，都在讲述花朵、森林、土地、气候、劳作与人的故事，是气味游历于世界各处的浪漫邂逅。

● 全球最大香料制造企业芬美意的采购部总监三十年寻香之旅
● 近距离观察香料的栽种、深耕、摘集、采脂、采伐、萃取、蒸馏，感受自然的馈赠

这本书带我们去遥远的土地，发现风景、稀有的香气与拥有祖传技艺的工匠。一段穿越人类历史的旅程。——《费加罗报》

罗克是气味冒险家，三十年来他走遍世界找寻能提升香气的植物、花卉和树木，并将它们幻化成宛若《一千零一夜》般的经典。——《西南报》

狗狗都市观：
犬与人类如何共同打造现代纽约、伦敦和巴黎

[英] 克里斯·皮尔逊 著
邹赜韬 林青青 译/校

叩问人犬和谐共生的都市景观从何而来
以几经变化的人犬关系勾勒现代都市文化变迁史

● 以人犬关系为切面，展现现代都市法律、卫生、文化变迁史
● 作者皮尔逊为中文版作序，上海交通大学历史系副教授任轶 × 浙江大学历史学院特聘研究员姬凌辉联袂推荐

本书对历史的回顾令人回味无穷，洋溢着作者的自信与才华。这是一本精美绝伦的书，读起来很是有趣。皮尔逊翔实地介绍了纽约、伦敦、巴黎三座现代化"缩影城市"里人与狗朝夕相伴的相处模式，提供了许多丰富而宝贵的细节。在城市史的核心主题之下，他审视了公共和私人空间、阶级、性别与种族关系，以及公共健康与疾病等话题。——尼尔·彭伯顿，曼切斯特大学科学、技术与医学史研究中心科研员

在大众媒体的叙述中,女性的中年往往伴随着有关职场、健康、家庭关系与外貌的焦虑与失望……难道,这些都是人到中年的必由之路吗?

书中的 18 位女主人公给出了否定的答案。虽然她们的亲身经历各不相同,但却能在一件事上达成共识——她们的中年时代"比以往任何时候都快乐"。

● 一本关于身体与心灵、爱与欲望、权利与责任、感性与自主的书

● 18 位风格迥异的女性,18 个诚挚的人生故事

● 带你走近中年时代充满感染力的、不被定义的幸福

幸运的人:为什么女性如此享受中年?

[德] 苏珊·拜尔 著

全栎 译

张敏彤 审校

公元前 4 世纪,马其顿国王亚历山大通过军事征服,使古希腊文明得到了广泛传播与繁荣发展,开启了希腊化时代。他在人类历史上有着巨大的影响力,被称为"亚历山大大帝"。

亚历山大大帝在短短一生中攫取了无数宝藏。他构建帝国的过程虽然极其野蛮,但一直被誉为积极的经济活动。本书考察了亚历山大大帝夺取的财富的种类和数量,以及对这些资源的再分配,展示了他极具争议的政策和个性。

本书有别于亚历山大大帝战争史的传统叙事,通过大量考古实证,展现了其财富之庞大,以及对古代世界的巨大影响。

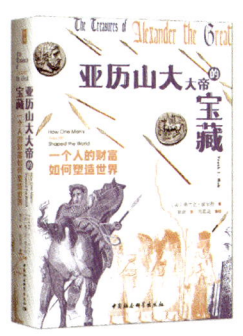

亚历山大大帝的宝藏:一个人的财富如何塑造世界

[美] 弗兰克·霍尔特 著

曹磊 译

陈慕尧 审校

夜：黄昏后的哲学

[英] 杰森·巴克·莫哈格 著
吴娱 译
徐军 审校

本书连接了不同文化中关于夜的错综复杂的经验，通过古老仪式、中世纪故事、现代哲学和未来主义的图像等多个方面，探讨夜晚及人类对夜晚的体验，透过活跃于夜间的人，介绍了迷人的、不同维度的夜与时间、空间、恐惧、欲望、死亡等概念间的哲学联系。

夜展示这些经验，同时又超越它们。跟随夜行者的旅程是一场丰饶的文化盛宴，迎面而来的丰富体验冲击不断，并体现夜的独特风格和魅力。

● 高超的行文思路、意识流的文风和新颖的方法论，勾勒出一个不断变化的破裂宇宙，通过"夜"的独特言说方式，即天马行空的想象和呓语、最原初的感觉来表达哲学意义
● 适合深夜无眠的人，也适合所有对哲学感兴趣的读者

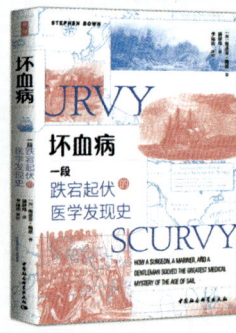

坏血病：一段跌宕起伏的医学发现史

[加] 斯蒂芬·鲍恩 著
潘驿炜 译
李远达 审校

大航海时代最大的医学谜团是如何被解开的？治愈坏血病是最伟大的军事胜利之一，但它对历史的影响却在很大程度上被忽视了。本书回顾了从16世纪坏血病最早出现以来，到18世纪其病因和疗法之谜被破解，再到19世纪早期预防药物投入使用的历史。故事情节曲折迷人，讲述三位传奇人物克服18世纪思维的限制，解决了当时最大的医学之谜，并对19世纪的国际政治带来深远影响。

● "医学人文"系列第6本
● 适合所有对科学史、军事史、大航海时代的历史叙事感兴趣的读者

关于坏血病的叙事，没有比这本书更有信息量和可读性的了。——《自然历史》杂志
作者以能够媲美航海家的技巧驾驭了这个非凡的故事。——《环球邮报》

新悦·遇见智识与思想

关于欧洲王室的新闻不时吸引着人们的目光，在美丽外衣包裹之中、神秘不已的欧洲王室，到底隐藏了什么不为人知的秘密？自法国大革命以来，法国结束了几个世纪的帝制统治，改为共和政体。从那时起，全欧洲的王室就开始忧虑自己的命运。在历经两个世纪的纷乱和快速发展之后，欧洲大陆至今仍有 10 个国家保存了王室制度。为何仍然容忍王室制度的存在？这些国家的社会和王室成员，如何让这个制度存活下去？本书通过详尽的研究和第一手资料，精辟分析了欧洲王室的发展史与现代史。

●奥斯卡金像奖最佳影片、金球奖剧情类最佳影片《国王的演讲》原著作者、英国作家皮特·康拉狄又一力作

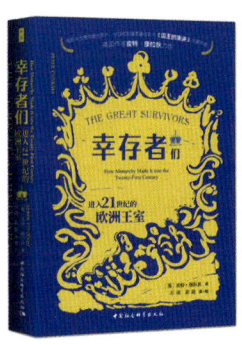

幸存者们：
进入 21 世纪的欧洲王室

[英]皮特·康拉狄 著

石靖　袁婕 译 / 校

地中海是一片摇篮，一个故事，更代表着一种联系：穿越欧亚非大陆，穿越古今文明。当你翻开书页，就意味着准备感受"惊奇"：以 30 件展品为起点，重游神话之地，再遇历史名人，踏上一段时空交错的奇妙访古之旅，重新感受地中海古老文明的价值。

●郭物、王樾、刘志佳、文铮、陈英等专业人士联袂推荐
●本书作者兼那不勒斯国家考古博物馆馆长保罗·朱里叶里尼为中国读者特别作序
●鼓楼新悦全球史书系作品，四色印刷，60 张高清藏品图片，随书附赠独家设计明信片

惊奇之旅：
30 件展品中的地中海历史

[意]保罗·朱里叶里尼 著

石豆　韩文琪 译 / 校

人类之前的野兽：
哺乳动物起源和进化背后不为人知的故事

[英] 艾尔莎·潘奇罗利 著
郎振坡 译
余婷钰 审校

我们这群毛茸茸的吃奶长大的哺乳动物是如何从远古世界进化到今天这样的？我们曾经真的只是恐龙的猎物，在它们脚下奔逃求生吗？

专业的古生物学家用她特有的英式幽默和女性笔触颠覆古生物学的刻板印象，反思学科中的偏见、歧视和伤害，从骨骼、牙齿和脚印的"蛛丝马迹"里讲述哺乳动物起源和进化的故事。

● 中国科学院院士、中科院古脊椎动物与古人类研究所研究员、中国科普作家协会理事长 周忠和 特别推荐
● 关于进化的积极探索与反思：古生物界中举足轻重的不仅有恐龙，还有我们哺乳动物！

（本书）充满智慧，富有热情且鼓舞人心。
——《纽约时报书评》

一起幸福地慢慢变老：
四世同堂与快乐长寿的科学解答

[德] 洛伦茨·瓦格纳 著
李悦 译
胡正裕 审校

衰老，其实可以被"治愈"——写给每一位即将或正在体验衰老、渴望维持长久健康幸福的普通人。

● 与上世纪相比，人类的预期寿命得到了极大的延长，但是生命的最后几年常常有如一场酷刑，饱受疾病与衰老的折磨。
● 洛伦茨·瓦格纳走访了多位研究衰老问题的专家，认识了多种延缓衰老的神奇化合物，但这却不是最打动他的。
● 不知不觉，瓦格纳发现，延缓衰老的奥秘并不在实验室里，而是在他的家里——在那个四世同堂的、温暖的家里。

"一部感人至深的家族故事。"
——德国巴伐利亚广播公司"BR 晚间秀"（BR Abendschau）栏

老后破产、疾病缠身,普通人要如何在废墟上重建生活?

这是一本触动心灵的自传。雷诺和茂斯夫妇在遭受背叛、无家可归后选择徒步穿越旷野,这场冒险后,他们开启了充满挑战的新生活:母亲的病危、茂斯的绝症、信任的危机……这本书充满真挚的情感和细腻的描写,启发你思考生命中最重要的东西,感受生活的美好和希望。

● 2021年温赖特自然写作奖入围作品
● 美国国家公共电台2018年度最佳图书、《星期日泰晤士报》年度畅销书《盐之路》续作

鼓舞且安慰人心……书中的自然书写美极了,读来甚至让你感到战栗。——《时代》杂志

寂静的旷野:
关于爱、疾病
与自然的回忆录

[英] 雷诺·温恩 著

姜思成 席坤 译/校

一场朝向西南沿海小径的徒步之旅,一次深刻且富于诗意的有关"流离失所"的书写,可一窥人性的坚韧与顽强。

● 入围2018"科斯塔图书奖"短名单、"温莱特图书奖"
● 美国国家公共电台2018年度最佳图书
● 《星期日泰晤士报》年度畅销书
● 亚马逊图书畅销榜地理类第1名

最振奋人心的年度书籍,从中我们可以看到有关于人性的美,以及世间万物的生生不息。
——《泰晤士报》

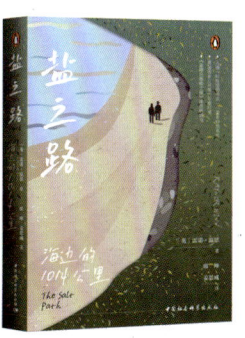

盐之路:
海边的1014公里

[英] 雷诺·温恩 著

席坤 译

新悦·遇见智识与思想

亲爱的温斯顿：
丘吉尔首相
与母亲四十年的通信

[英] 大卫·劳 著
唐建清 译
王晓冰 陈所以 审校

本书是温斯顿·丘吉尔和母亲之间私人信件集的首次完整出版，始于1881年丘吉尔6岁时，直到1921年母亲去世，这四十年的通信是一份人格发展的详细史料，也重现了母子牵绊的纸短情长，从中可以一窥维多利亚时代其家族的浮沉兴衰。这部精彩的通信集，让我们得以了解丘吉尔母子之间的成功与失败、爱与失望、喜悦与绝望。

● 追溯了丘吉尔在情感、头脑和政治上的成长，是了解丘吉尔母子及其所处时代的绝佳资源
● 仿信封样式的精美函套，700余页鸿篇巨制，上下两册，兼具厚重的历史感与新奇的阅读体验

（本书是）丘吉尔人生的一个重要补充。
——《牛津时报》

科技、繁荣重塑了人类生命，且将继续改变着我们，我们将被带去何方？
从250年前开始，饥饿与疾病就已不再持续威胁人类生命，这让我们脱离了自然选择的许多禁锢。人类在三代人的时间里所产生的物种性改变，比之前的1万年更多。本书利用演化医学框架重构人类文明史与演化史，进行历史学与人类学叙事，绘制人类文明史与身体演化的关系，极具学术创新性。

● 北京大学医学人文学院周程院长作序推荐
● 在大历史中理解人类演化，兼具可读性，综合考古、生物、历史、人类学等多学科的知识性

改变自己的物种：
繁荣如何重塑人类生命

[英] 埃德温·盖尔 著
潘隆斐 译

本书提出了一个引人入胜的论点：从生物学上讲，我们已不同于以往的任何一代……本书令人着迷且具说服力。——《泰晤士报》

两个"世界"相遇，战争是否在所难免？
本书旨在探寻阿兹特克文明这一古墨西哥文化舞台上最后的高光，作者以详实丰富的学术底蕴书写阿兹特克人的文字和语言，现实生活和精神世界，社会分化和宗教仪轨，以及他们和西班牙殖民者的迎头相遇。

● 失落文明"系列丛书第9本，四色印刷，裸脊锁线，附60张高清精美插图
● 考古学、文献学和人类学的综合溯源带我们回望殖民铁蹄之前的阿兹特克帝国

本书对阿兹特克人的介绍内容学养深厚且平易近人，是作者毕生学术研究的果实……插图和照片印制精美，增加了可读性。
——《科学》杂志书评专栏

"世界"之战：
墨西哥的阿兹特克往事

[美] 弗朗西斯·伯丹 著

曹磊 译

李默然 审校

跟随考古学家，再次"发现"苏美尔人和他们的世界

● 失落文明系列丛书，四色印刷，裸脊锁线
● 附大事年谱，帮助读者快速搭建时空知识体系；多张精美插图展现最新考古成果，准确生动还原苏美尔人形象及其生活

"本书从多个层面介绍了古代人类世界最重要的族群之一——苏美尔人生活的方方面面，具有很高的可读性和权威性。与此同时，保罗·柯林斯还详细介绍了针对苏美尔人的历次考古发现和再发现过程，不仅活灵活现地为我们再现了苏美尔人曾经的生活，也让历史上那些与这个古代族群不期而遇的旅行家和考古学家们的形象跃然纸上。另外，这本书收录的图片也非常有价值。"
——雷丁大学近东考古学教授罗杰·马修斯

楔形传说：
被"建构"的苏美尔

[英] 保罗·柯林斯 著

曹磊 译

新悦·遇见智识与思想

野草蜂蜜：
汲甘露于万物

[英] 佩兴丝·格雷 著

刘志芳 译

一场地中海沿岸的寻味之旅，探寻食材与火焰相遇的离奇故事，品味农夫和渔民珍藏的原汁原味。将烹饪从殿堂带回田野，在野草中汲取蜂蜜。

● 本书出版后在烹饪界掀起了一场"文艺复兴"，将"舌尖上的地中海"推向世界
● 安德烈·西蒙图书奖委员会授予"特别图书奖"
● 《焚舟纪》作者安吉拉·卡特倾情推荐
● 1986 年首版后引发欧洲现代烹饪理念变革

这本书是一部宏大的地中海生活史，作者充满激情地讲述了她独特的烹饪经历……将烹饪书的形式推向了极致。——《纽约时报》

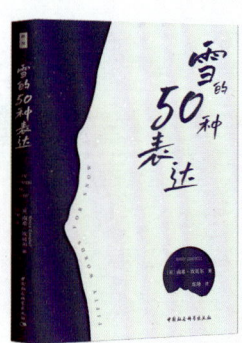

雪的 50 种表达

[英] 南希·坎贝尔 著

席坤 译

一本关于世界冰雪文化的科普小书，一场通过语言走向世界的文化旅行。

● 探索了世界各地不同文化对雪的理解，以此追寻遥远的历史、相关的迁徙、古老智慧、濒临消亡的记忆以及人类面临的困境。每种表达各有生命力，由当地地理环境、文化信仰、社会历史所塑造
● 世界冰雪文化集锦，通过 50 种语言了解各个地区的冰雪历史

一个闪闪发亮的棱镜，折射出了雪在不同文化中的含义……挖掘描述雪景的种种语言，从热带山峰到古代冰川，从北极地区到波罗的海。——《国家地理》

一部展现历史细节的珍奇之书,一幅展示我们如何与世界相连的宏伟拼图。原来,早在几个世纪之前,全球化的进程就已悄然推进。

- 本书包含的 30 余篇小文章,全部来自法国最著名的期刊《地理》杂志
- 一篇篇短小的文字,是你了解世界史的轻松读物,在碎片化时间里发现历史真相
- 如果你对生活充满好奇,在这本书里你会发现,司空见惯的事物背后竟有那么多惊人的秘密

"串起世界的线有的是纤细的,有的是多彩的,有时很坚韧,有时又很脆弱,时常充满了意外,有时又尽在情理之中:这根线就是我们自己。"

珍奇屋中的世界史

[法] 克里斯蒂安·格拉塔洛浦 著

范鹏程 译

在生死边缘,人类共通的七种情感,涌动着生命的力量。

让人且笑且泪的真实故事,带你推开 ICU 那扇厚重的门。

- 亚马逊 4.5 星,医患关系、医院管理、重症监护等类别均进入前 30 名内
- 具有增进医患理解的社会价值,在人们心间架起理解的桥梁
- 无阅读门槛,不仅适合普通医学生和医疗工作者,更适合对人文阅读感兴趣的广泛读者

"如果你想活着,就必须接受死亡。"

生命的七种迹象:来自重症监护室的故事

[英] 奥菲·艾比 著

步凯 译

新悦 · 遇见智识与思想

**众神降临之前：
在沉默中重现的
印度河文明**

[英] 安德鲁·鲁宾逊 著
周佳 译

一本言辞优美、论证缜密的印度河文明档案，带你了解最难解的古代文明。

● 失落文明系列丛书第 6 本，裸脊锁线，附大事年表、精美插图
● 这本书对印度河文明做出了很好的介绍……作者丰富的背景知识、对最新研究资源的介绍、简洁但引人入胜的写作风格，让这部新作品成为这方面研究的重要大众作品。——《选择》

这本书每个章节都介绍了印度河文明的一个面向，从宗教、社会、艺术、贸易、农业，到起源、消失、再发现……是对该文明的全面记述，文字简明、易于阅读，是一本非常优秀的读物。
——《当今世界考古学》

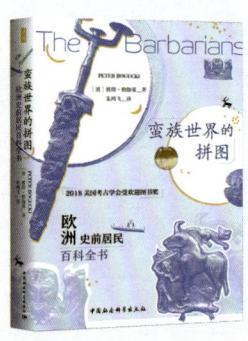

**蛮族世界的拼图：
欧洲史前居民百科全书**

[英] 彼得·柏伽基 著
朱鸿飞 译

随考古学家一起，拼一幅蛮族世界的拼图。

● 获 2018 美国考古学会受欢迎图书奖
● 失落文明系列丛书第 5 本，四色印刷，裸脊锁线
● 本书对史前欧洲的考古发现做出了简洁、清晰的总结，集中对不太为人所知的欧洲群体及其众多复杂的生活方式进行了介绍。——美国考古学会

作者写出了一本引人入胜且通俗易懂，既权威又现代的关于欧洲蛮族的图书。他的书中包含了一些重要的考古新发现，论述了关于考古遗产、关于欧洲蛮族如何在过去和现在为人们所用的一些重大问题。
——纽约大学教授帕姆·J. 克拉布特里

一次历史与现实共存、危险与喜悦交织的美洲奇幻之旅。

● 将精彩的奇闻逸事和有趣的风土人情一网打尽,令人大开眼界的美洲出行必备攻略
● 笔触幽默、节奏紧凑、信息量大,随笔式的旅行记录,读来轻松愉悦
● 《纽约时报》《图书馆期刊》《柯克斯书评》等多家媒体推荐

"所谓探险或旅行,其实是我们大多数人企图书写人类历史的一种方式——沿着我们所居住的星球,独自或是与他人一起漫游。"

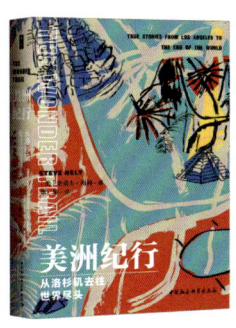

美洲纪行:
从洛杉矶去往世界尽头

[美] 史蒂夫·海利 著

席坤 译

一场失落的欧洲大陆之旅,英国最具话题性的建筑评论家带你领略欧洲城市美学。

● 调合了建筑、历史、文明与政治,与时俱进读懂当代欧洲
● 从建筑与城市规划的角度,解读欧洲历史的复杂性
● 《星期日泰晤士报》《文学评论》《艺术评论》《卫报》等多家媒体推荐

哈瑟利的书写改变了我们认识城市的方式。
——《独立报》,"了解欧洲政治的八个最佳读本"

横跨欧洲的快车

[英] 欧文·哈瑟利 著

金毅 译

新悦·遇见智识与思想

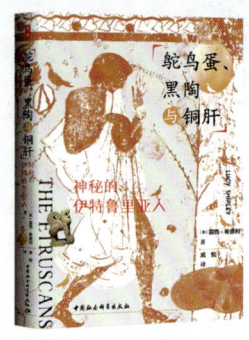

鸵鸟蛋、黑陶与铜肝：
神秘的伊特鲁里亚人

[英] 露西·希普利 著

戚悦 译

鸵鸟蛋、黑陶、铜肝、木乃伊的裹尸布……我们知道的很多关于伊特鲁利亚的知识都来自考古学，更准确地说，来自坟墓。面对死亡，伊特鲁利亚人是乐观的，墓室中丰富多彩的壁画展现着他们多姿多彩，神秘有趣的生活。

● 失落文明系列丛书，四色印刷，裸脊锁线，多张精美插图展现最新考古成果
● 揭示伊特鲁里亚文物从诞生到使用、遗失、发现和重塑的过程

在数百年间，伊特鲁利亚人所做的事情都像呼吸一样简单、自然。他们无拘无束，轻松愉悦，充满活力，甚至连坟墓也并非死气沉沉。这便是伊特鲁利亚人的本质：简单自然，生机勃勃，随心所欲，任性而行。——D. H. 劳伦斯

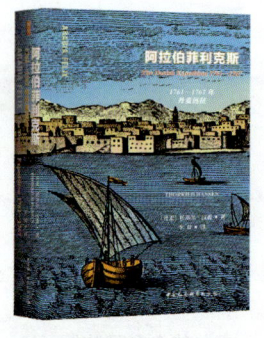

阿拉伯菲利克斯：
1761—1767 年丹麦远征

[丹麦] 托基尔·汉森 著

李双 译

一场跨越了250多年历史的远征，一个关于人类理想的残酷而美丽的故事，一幅启蒙时代知识分子群像。

● 纽约书评·经典系列（NYRB Classics）
● 美国国家公共电台2017年度最佳图书，《纽约时报》《观众》《卫报》等多家媒体推荐
● 融合史实、想象和旅行见闻，试图还原历史真貌，于探险中叩问人性

"历史确实没有真相，可不妨碍它迷人。太迷人了。"

从一千年前灰飞烟灭的哥特王国,到传说中的"哥特",再到 18 世纪以来的哥特风建筑、哥特小说、当代哥特摇滚……穿越数千年时光,重审文明与野蛮的关系,在众多以"哥特"为名的社会文化现象间寻找规律与联系。

● 失落文明系列丛书,四色印刷,裸脊锁线
● 附大事年谱、多张精美插图,帮助读者快速搭建时空知识体系

"从政治自由观念到国家意识,再到不断变化的文学艺术思潮,哥特人留下的历史记忆,乃至'哥特'这个知识都在不断经历着建构、结构和重建。"

从历史到传说: 被"定义"的哥特

[英] 戴维·M. 格温 著

曹磊 译

精致花园中的玫瑰与夜莺,闪烁着珠宝般绚丽色彩的地毯,诗歌与动人的音乐;皱着眉头的宗教老师,黑色的石油,黑色面纱之下的面容……看似矛盾的画面,却在同一片土地上交织缠绕,使伊朗(波斯)成为中东最为独特的存在。

● 失落文明系列丛书,四色印刷,裸脊锁线,多张精美插图
● 回到遥远的波斯帝国,寻找现代伊朗的国家根基

"本书讲述了令人着迷的波斯帝国动人的故事。任何渴望了解中东特别是伊朗历史的人,都可以阅读这本文笔优美的著作。"

携带黄金鱼子酱的居鲁士: 波斯帝国及其遗产

[英] 乔弗里·帕克 著
[英] 布兰达·帕克 著

刘翔 译

我在虚度人生吗？
大哲学家对深夜网络搜索问题的回答

[英] 史蒂芬·劳 著

石羚 马原 译

一本"问题"之书，也是"答案"之书，大哲学家陪你认识自我与世界。

● 为什么我一个朋友都没有？如果我失败了会怎样？我是个好人吗？人生还有更多可能吗？……那些深夜困扰着你的难题，也许能在这本书里找到答案

● 这里有太多美好而又重要的哲思。尽管人们未必会同意作者的所有观点，但它将使我们的思考更加厚重、深入。

——牛津大学教授基思·沃德

"哪怕只是了解一两个哲学观点或概念，就为我们解答自身问题带来实质性的进展。"

欧洲史：
从查理大帝到当今

[法] 弗朗索瓦·雷纳尔 著

范鹏程 译

何谓"欧洲史"？是欧洲各国历史之和？抑或存在一个欧洲历史共同体？

● 本书将带领读者游览重大事件发生地，回顾并见证欧洲各国共享的历史

● 欧洲史入门读物，以更为独特的视角探索真相

● 多幅手绘插图，集趣味与知识于一体

"我并不想重写历史，我只是想将欧洲史从民族主义的金钟罩中解放出来。"

新悦·遇见智识与思想

诊室里的医疗决策，究竟该由谁来做出？

● 中国科学院院士、北京大学科学技术与医学史系创系主任韩启德作序推荐
● 是什么给医学游戏带来了新规则和新玩家？又是何时开始，患者被"陌生人"团团围住，甚至医生都难有一席之地？
● 国内多所高校人文医学专业必读书目

对于任何一名关心法律、医学及伦理问题的学者来说，这本书都吸引力十足。
——桑德拉·H.约翰逊，美国圣路易斯大学法学院健康法研究中心创始主任

病床边的陌生人：
法律与生命伦理学塑造医学决策的历史

[美] 戴维·J.罗思曼 著

潘驿炜 译

你真的"有病"吗？全科医生现身说法，揭示被过度包装的医疗背后的真相。

● 中国科学院院士、北京大学科学技术与医学史系创系主任韩启德作序推荐
● 当你的朋友来拜访你时，不要把这本书放在视线范围里，因为这本书很有可能会被"借走"，而你不得不去另买一本。
——读者评论

"或许听上去很魔幻，但这是真的：如果我们能放弃癌症筛查，就不会有那么多癌症了。"

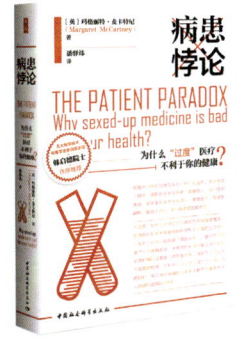

病患悖论：
为什么"过度"医疗
不利于你的健康？

[英] 玛格丽特·麦卡特尼 著

潘驿炜 译

新悦·遇见智识与思想

溯源莱茵河：从阿姆斯特丹到阿尔卑斯山

[英] 本·科茨 著
黎潇逸 译

本书融合了奇妙有趣的旅行经历和非比寻常的历史叙述，讲述了莱茵河如何塑造欧洲大陆的迷人故事。

● 世界旅行写作界的风向标 "斯坦福·杜曼年度旅行书" 入围作品
● 《史密森学会》《苏格兰人》杂志 2018 年度最佳图书
● 莱茵河是独一无二的；它汇集了河流的万般面貌于一身……像尼罗河一样神秘莫测，像美洲河流一样金光闪闪，又像亚洲河流一样富于幻影与寓言。——雨果

作者很好地诠释了莱茵河在欧洲文化和历史上的角色：莱茵河在不同时期被视为"商品、人员和思想自由流动的管道"，也是战场和前沿阵地。——《每日电讯报》

一部以爱、幻想以及迷惘为底色的作品：不仅是一段归乡人难忘的记录，也是世界在一座城市中的细腻体现。

史诗之城：在加尔各答的街头世界

[美] 库沙那瓦·乔杜里 著
席坤 译

● 世界旅行写作届的风向标"斯坦福·杜曼年度旅行书"入围作品
● 《观察家报》年度好书，《纽约时报》《文学评论》《观众》等多家媒体推荐
● 作者以美丽的视角洞悉加尔各答，以更加美丽的笔触书写它。——威廉·达尔林普
● 要了解一个城市，较简便的方式是探索那里的人们如何工作，如何恋爱，如何死亡。——加缪

离乡需要很大的勇气，归乡又何尝不是？

一次能够解构时代精神的阅读，直击"幸福学"及相关产业的本质。

● 可以把这部作品视为一个醒酒室，因为幸福观念曾让我们如醉如痴。（……）一次能够解构时代精神的阅读。——《十字架报》
● 一次对幸福模型粗暴行为的公正批评，这种幸福模型是人造的，且脱离了社会背景。——《左派文艺杂志》
● 对于这个把受苦当做奇耻大辱、把痛苦视为可耻疾病的新的道德秩序，我们一定要持有怀疑的态度。——法国中心

"感谢所有那些孜孜不倦地追求积极情绪和幸福的人，是他们在追求幸福的过程中，为我们证明了这一行为其实是根本不起什么作用的。"

幸福学是如何掌控我们的？

[西班牙] 埃德加·卡巴纳斯 著
[法] 伊瓦·伊洛斯 著
刘成富 苑桂冠 阎新蕾 译

再现法国葡萄酒世界最黑暗的时期，揭露纳粹抢占法国葡萄园真相。

● 入选法国大使馆傅雷出版计划
● "一本充满激情与惊喜的书，如同阅读一本侦探小说……"
——法国国内广播电台
● "作者挖掘了德据历史中陌生领域里的秘辛……本书毫无保留地讲述了一切。"——《科西嘉早报》

"当历史学家开始研究这段时期，他们会震惊于其中如此之多的阴谋和谎言。的确，这值得令人哭泣。"——爱德华·巴尔特

硝烟中的葡萄酒：
纳粹如何抢占法国葡萄园？

[法] 克里斯托弗·吕康 著
陈虹燕 周欣宇 译

新悦·遇见智识与思想

带领我们重新踏入一段草地中的历史之旅：从古希腊罗马到中世纪文艺复兴，从18世纪浪漫主义到20世纪。

- "我们可以对一棵草的故事投以巨大的热情。"——福楼拜
- 一部关于"草"的史诗
- "历史告诉过我们，人类比草叶晚生了几个纪年。"

因怀念草的芳香与其传达的感觉信息所激起的情绪，历史学家阿兰·科尔班专为这"遗憾的基本成分"创作了一本书。——法国《解放报》

青草图书馆：
一部情感的历史

[法] 阿兰·科尔班 著
付金鑫 译

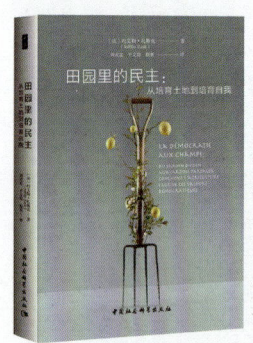

一场人类与田园之间的对话，讲述耕种田园在满足口腹之欲外的意义，探讨种植者与土地之间的互动关系如何促进了民主的生活模式。

- 一次对传统"民主"观念的革新
- 既是培育土地，也是培育自我
- 如果土地的发展不可持续，那么社会的发展也必将不可持续

耕种并不是一项平凡无奇的工作。它不是流汗，不是肉体的辛劳，不是播种与收割。它是对话，是细心，是动手、倾听、规划、参与、学习、合作、分享……

田园里的民主：
从培育土地到培育自我

[法] 约艾勒·扎斯克 著
刘成富 于文璟 倪赛 译

一场藉由物质抵达人类自身的哲学漫谈。

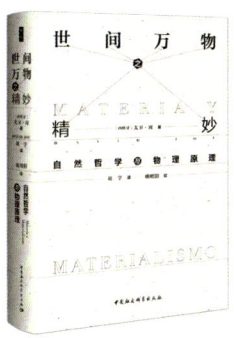

● 一部"致敬牛顿"的科学人文之书
● 自微观核子尺度，至宇宙星系之间，物质世界远比你想象的更为复杂多样
● 诗歌般的语言，讲述着物质的演变过程中所蕴含的哲学思考

"深层意义上，我们即为物质，但我们却是一种能够辨识自身、意识到存在之惊奇与脆弱的物质。"

世间万物之精妙：
自然哲学与物理原理

[西班牙] 大卫·周 著

刘学 译

对人类共同命运的思考，探讨未来即将发生的、人类成为科技智人的进化之路。

● 入选法国大使馆傅雷出版计划
● 身处科技世界，如今的人是什么样子？与过去相比，他们又变成了什么模样？
● 要想科技地居住在这个世界，我们仍需要智慧

科技给人类提出的不是知识的问题，而是智慧的问题、哲学的问题。要想更好地存在于世，今天的人类不仅要成为"科技人"——与科技共同进化，还要成为"智人"——拥有属于自己的智慧。

科技智人：
从今天到未来的哲学

[法] 米歇尔·布艾希 著

刘成富 陈茗钰 张书轩 译

军事史专家以战争为视角,为你讲述一部人类进步的宏大历史。

- 从远古部落到今天和未来,博古通今的作者带你反思战争对人类的意义
- 医学、交通、律法、制度……战争带给人类的,远不止鲜血和泪水
- 战争很遥远?我们今天的生活,踩着战争的肩膀

"假如人类对于自身的遭遇尚且无法真切感受,那么携带着所有科技进步的人类又将去往何方?我们将走向希望,还是步入灭亡?"

从投石索到无人机:战争推动历史

[西班牙] 胡安·卡洛斯·洛萨达·马尔瓦莱斯 著
宓田 译

从柏拉图到约翰·罗尔斯,从古希腊城邦到21世纪,最具纵深度的西方政治思想史。

- 一部献给大众读者的思想史著作,深入浅出地讲述了完整西方政治思想演化历程及其时代背景
- 面对"人类繁荣大问题",站在历史的高处,为未来提供及时而必要的思想观点

政治是"一个缩影,展示了整个世界中普遍存在的秩序结构原则"。政治的历史,就是人治理自我、治理世界的历史。

政治思想简史

[美] W.M. 斯佩尔曼 著
贾珍妮 段瑞俊 译

金字塔，木乃伊，法老与艳后，壁画和石碑……这本书不打算戳破你的埃及梦，但它想让你知道，西方文化中的"埃及"如何一天天被建构成如今的样子。

● 穿越千年的埃及故事，究竟是何人讲述、讲给谁听
● 故事背后的故事，更加精彩
● 全彩插图，裸脊锁线，带给你一场零距离的知识考古之旅

从古埃及的考古遗迹，到罗马时代的惊险故事，直到今天象征式的艺术作品，里格斯带领读者开启了一场别开生面的知识探险，向人们展现了这个"失落的"文明对世界产生的影响，以及无数仍在催生蔓延的连锁反应。
——《泰晤士报文学副刊》

六千零一夜：
关于古埃及的知识考古

[英] 克里斯蒂娜·里格斯 著
曹磊 译

一个时空上更为广袤的古希腊世界，一次关于"究竟谁是希腊人"的探询。

● 四色印刷，将近七十幅彩色插图，还原巅峰时期走向海外的希腊文明
● 附有大事年表，直观全面地展现一个更广阔的古希腊世界
● 梳理域外希腊人的故事，提供一个探究古希腊人及其文明意义的全新视角

"从某种意义上来说，今天我们都是古希腊人。"

古希腊人：
在希腊大陆之外

[英] 菲利普·马特扎克 著
戚悦 译

新悦·遇见智识与思想

一次对植物及"仿生学"的趣味科普，以及一次关于如何"可持续地从大自然中获取灵感"的深刻反思。

- 在意大利获得2017年"科普文学奖"（2017 Science Book Award）
- 9段科学之旅，数十个"向植物学习创新"的具体案例
- 随书附赠精美手绘可填色画册

魔法学徒的神奇花园：植物、灵感与仿生

"每一种植物的离开，都是沉睡的灵感在消失。"

[意]雷纳托·布吕尼 著
石豆 张媛 译

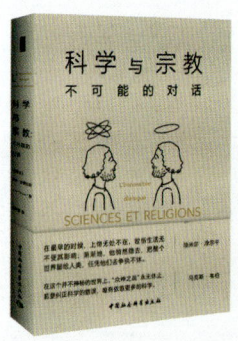

与科学史学家一道，来一场关于科学、关于宗教、关于人类思想史和进步发展史的探索之旅。

- 全面追溯了历史上宗教与科学的分离与交汇，阐述科学与宗教之间彼此对峙却也密不可分的关系
- 科学与宗教之间非黑即白吗？科学与人文，未来又当如何对话？

科学与宗教：不可能的对话

"在最早的时候，上帝无处不在，世俗生活无不受其影响；渐渐地，他悄然隐去，把整个世界留给人类，任凭他们去争执不休。"
——埃米尔·涂尔干

[加拿大]伊夫·金格拉斯 著
范鹏程 译

新悦·遇见智识与思想

关于20世纪先锋文艺女性、美食畅销书作家佩兴丝·格雷的传记。她既属于那个时代,又远远超越了那个时代。

- 《纽约时报》年度百部好书
- 英国《卫报》年度图书
- 佩兴丝提出的"吃本地,吃当季,吃自制"的生态和生活理念,如今在世界范围内蔚为潮流

"由真理和智慧引导的人,能从野草中采蜜。"

禁食与盛宴:
美食作家佩兴丝·格雷的一生

[英] 亚当·费德曼 著

刘志芳 冯超 译

世界著名地缘政治专家、法国国家荣誉骑士勋章及法国荣誉军团勋章获得者巴斯卡尔·博尼法斯,为你还原一个真实的世界。

- 关于这个复杂的世界,人们总是有无数的成见。作者旨在破除成见,帮助广大读者建立批判性思维,更加理智地看待世界
- 无论何时,我们都不应该放弃思考的权利

"这是一本邀请每个人都运用其批判能力的书。"

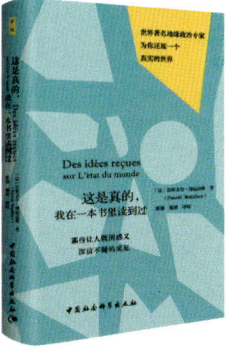

这是真的,
我在一本书里读到过

[法] 巴斯卡尔·博尼法斯 著

张弛 楚镞 译

新悦·遇见智识与思想

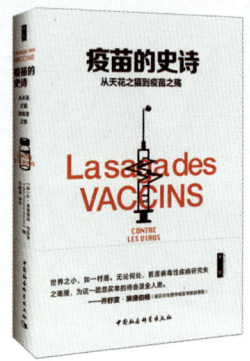

回顾人类抗病毒疫苗研发幕后,一场关乎生命的永恒战斗。

● 入选法国大使馆傅雷出版计划
● 起底人类疫苗研发史,探讨疫苗研发在科学与道德间的抉择
● 揭开疫苗纷纷扰扰的历史序幕,一出出令人屏息的悲喜往事在此上演

"世界之小,如一村落。无论何处,若是病毒性疾病研究失之毫厘,为这一疏忽买单的将会是全人类。"——乔舒亚·莱德伯格(诺贝尔生理学或医学奖获得者)

疫苗的史诗:
从天花之猖到疫苗之殇

[法]让-弗朗索瓦·萨吕佐 著
宋碧珺 译

世界最著名米其林主厨、《福布斯》影响世界100人之阿兰·杜卡斯,带你重审"吃"的内涵,从哲学与政治的角度思考美食。

● 2019年度"傅雷翻译奖"十大入围作品之一
● 入选法国大使馆傅雷出版计划
● 认识个人对食物的选择及其产生的责任与意义
● 只有每一个人吃好了,这个世界才会变得更好。

"世界就是繁星下一间巨大的田舍餐厅,每个人都滋养着他人,同时又从他人的话语和行为中获得滋养。"

吃,是一种公民行为

[法]阿兰·杜卡斯 著
王祎慈 译

新悦·遇见智识与思想

医学与人文的历史对话,一个认识全球史的全新角度。

● 法兰西学术院 2017 最佳法语作者奖得主倾力之作
● 荣获法语作家协会法国黎巴嫩文学奖、法国国家医药学会 Jean-Charles Sournia 奖、法国海外省科学院 Louis Marin 文化奖

"历史并非他物,它是以今天的焦虑、不安和问题之名,对已逝时代发出的永恒追问。"——费尔南·布罗代尔(年鉴派历史学家)

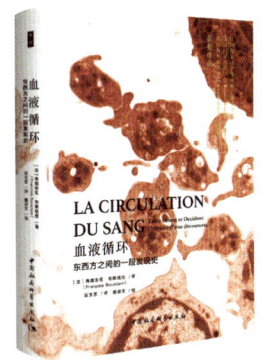

血液循环:
东西方之间的一段发现史

[法] 弗朗索瓦·布斯塔尼 著
吴文艺 译 唐淑文 校

踏入一段尘封数百年的中世纪非洲史,还原黄金世纪下非洲的灿烂文化。

● 荣获 Blois 最佳史书大奖
● 八个世纪,近一千年的时光。34 篇随笔勾勒出 8 世纪至 15 世纪撒哈拉以南非洲全景

"这些被遗忘却又重现的世纪,像黄金反射的光芒一样,闪耀夺目,却又转瞬即逝。"

金犀牛:中世纪非洲史

[法] F.-X. 福维勒 - 艾玛尔 著
刘成富 梁潇月 陈茗钰 译

新悦·遇见智识与思想

虎妈的女儿：职业女性如何影响女儿的职业选择

[英] 吉尔·阿姆斯特朗 著

彭小华 傅懿 译

一封母女互诉衷肠的情书。

● 你是否也期待分享母亲的那些高光时刻？女儿如何评价事业有成的母亲，又将如何做出自己的职业选择？现代女性应如何在事业与母职之间更好地追寻内心的自我？
● 《最好的告别》译者全新译作，探讨现代母女关系的秘密

"我们知道妈妈爱我们。所以，即使妈妈不在家，我也从来不觉得她真的不在。"

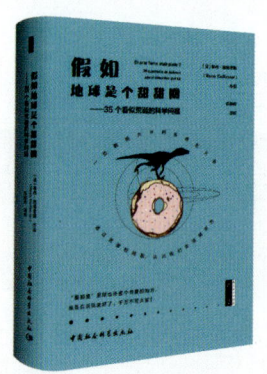

假如地球是个甜甜圈：35个看似荒诞的科学问题

[法] 勒内·屈耶里耶 著

范鹏程 译

带"好奇星人"遁入想象的秘境，从此流连忘返。

● 荣获百道网2018年度好书（新知类）
● 入选法国大使馆傅雷出版计划
● 高智商恐龙、地球隧道、人有翅膀、外星人……假如这些成真，世界会怎样？
● 没有哪个问题是荒谬的，只要愿意思考，我们总能有所发现。

"甜甜圈"星球也许是个有趣的地方，但是去玩玩就好了，千万不可久留！

新悦 · 遇见智识与思想

一本探讨时间、生命、现代科学的哲学之书。

● 时间与记忆：拥有着上百个生物钟的我们，自身即是时间
● 在生物学和物理学框架下，探讨时间对于生命的意义
● 时间到底是唯一的，还是每个人都有自己独特的时间线？永恒是存在的吗？

"时间永远分岔，通向无数的将来。"
—— 博尔赫斯

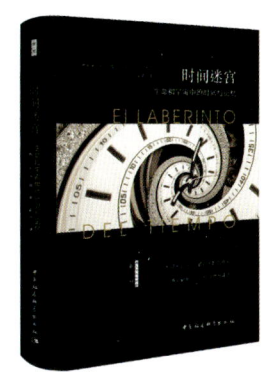

"时空三部曲"之
《时间迷宫》

[西班牙] 大卫·周 著
宓田 译

在位 67 年，缔造了埃及盛世，众神宠爱的"光明之子"拉美西斯的全景式历史传记。

● 讲述最伟大法老巅峰之作，全球三十多种译本，销量超一千万套
● 全书共五册：《光明之子》《百万年神殿》《卡迭石之战》《皇后之爱》《洋槐树下》

"真正的男人除非耗尽了所有的力气，否则他是不会放弃的，国王更是如此。"

拉美西斯五部曲

[法] 克里斯蒂安·贾克 著
解玲玲 彭楚 译

新悦·遇见智识与思想

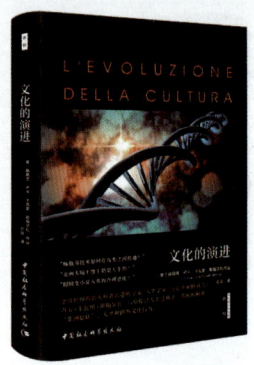

"时空三部曲"之
《文化的演进》

[意] 路易吉·卢卡·卡瓦里·斯福尔扎 著
石豆 译

文化与基因：一幅宏大的人类文化演进的历史画卷。

● 当当网与"人文社科联合书单"联合评选的"2018人文社科年度好书"
● 意大利"大十字骑士勋章"获得者、斯坦福大学教授，享誉世界的著名人类学家路易吉·卢卡·卡瓦里·斯福尔扎封笔之作
● 讲述人类迁移史、基因的秘密、人类种群、"非洲夏娃"的历史

"历史，也就是演进，是我们了解现在的钥匙。"

"时空三部曲"之
《宇宙简史》

[西班牙] 曼努埃尔·托阿里亚 著
孟凡济 吴见青 译

重现地球孕育生命的场景，描绘宇宙过去未来的浩瀚画卷。

● 一部大爆炸至今的宇宙史，也是不同文明对宇宙认知的发展史
● 揭示"对世界运转背后的普适规则的哲学认知"
● 人类从哪里来，向何处去？

"我们都是恒星的孩子，我们都是星尘。"
——国家地理频道纪录片《宇宙时空之旅》